今を生きやすく

つれづれノート言葉集

銀色夏生

角川文庫
18555

目次

まえがき

日記風エッセイ「つれづれノート」が25冊目になりました。それを記念して、その中から選んだ言葉集を出すことにしました。

今回初めて全巻読み直してみていろいろなことを感じ、自分の人生をふり返るいい機会になりました。これからも肩の力を抜いてマイペースに生きていきたいと思います。

今まで読んできてくださった読者のみなさんは同じ草原に散らばって遠くの地平線を目指して進む仲間のような気がしています。

「つれづれノート」は、日常の暮らしの中で思ったことを書き続けていくという結論のない思考のつらなり、変化の過程そのものを見せる作品なので、その中から一部の言葉だけを選び出すのは難しかったのですが、たぶんどこを選んでもいくらかの雰囲気というものは伝わるだろうと思い、あまり難しく考えすぎないようにしました。選ぶにあたっては、私が最初にざっと（かなり大量に）選んだ中から、3名の編集者の意見を取り入れながら、一冊に入る分量に絞りました。日常の動きの中に思考が組み込まれているのでぬきだしにくいところも多かったです。それは同時に私のエッセイの特徴を知ることにもなりました。長い文章は今回は見送りました。また、わかりやすくするために一部変更している箇所もあります。出典については、各言葉のあとに、「つれづれノート」を省略して、巻数とページ数を入れました。

人として毎日を生きて行くのは大変です。いろいろな苦しいことも多くあります。その中でどうすれば少しでも生きやすくなるか。「今を生きやすく」というのは私の考え方の基本です。ある出来事を、こういうふうに角度を変えて見ればこんなふうに捉《とら》えることができ、それによって苦しみや悲しみがいくらかやわらぎ、よろこびは増す。その捉え方を私は幾通りも考えて、いろんな言い方で何度も何度も書いてきました。読んだ人の気持ちが一瞬でも晴れたらうれしい。それが私が作品を作る最大の動機です。

２００粒ほどのさまざまな味のチョコレートの詰め合わせのようなこの言葉集。ゆっくりと心の中で溶かすように味わってください。気になる言葉を見つけたら、もとになった本を読んでもらえるとどういう状況でできた言葉なのかがわかるので、よりいっそう楽しんでいただけると思います。

それではまた。よい一日を。

２０１４年３月12日　銀色夏生

編集協力／マイクロフィッシュ

人生は宝さがし

ハードルは、とべるかどうかわからないからこそ、
とびがいがあるもので、
あきらかに低すぎるもの、
あきらかに高すぎるものは対象にならない。
とべるかどうかすれすれの高さのハードルが、
ボーダーラインとなってまわりをとりかこむ。
その高さは、人それぞれちがう。
みんな、人それぞれに、ちがう高さの現実を見ている。

① - P118

オフロのイスをゴシゴシと洗いながら思った。
絶望のむこうに立ちあがってくるものがあると。
絶望とまではいわなくても、失望といってもいい。
失望の丘の手前で、失望の丘を見上げて、
ああ……と力を失くすだけで終らせず、
その丘を登り、てっぺんへでた時にだけ、見える景色がある。
越えたからこそ着ける場所がある。
その場所を、私は好きだ。

⑨
P274

今日、モルジブから帰る日。
きれいな色の海だった。
夕方、夕陽が落ちたあとは、
深くてうすい緑色とすみれ色になった。
空は青っぽいグレーだった。
サンゴはダメでも、海は変わらず美しい。
来月から、いろんなこと、自分のことを始めよう。
人生も実験。私は人生を実験している。

⑨
-
P349

歓迎できない出来事をどう解釈できるか、
それがその人の生きてきた今までに
勝ち得た宝だと思うんだけどな。
だっていろいろな嫌なことに
ただ打ちのめされるだけってことがなくなるから。
死ぬまでずっとそれはもっと進化して、
私たちを楽にしてくれる。

⑮
-
P322

寂しさって、人と比べられないよなあ〜っていつも思う。
すごく寂しいって言って泣いてる人の心を覗《のぞ》いたら、
私の10倍も満たされてたりするかもしれない。

⑰

P413

私は、因果応報を強く信じてる。
たとえば、無実の罪に泣いてる人、
不条理な泣きの涙に暮れる人がいると、
絶対にその罰は加害者にくだる、と思う。
意地悪な人、ひどい人、人を苦しめる人、人の気持ちを考えない人。
知らないでそうしていたという稚拙なケースは別だけど、
本当に悪意があって悪いことをした人には
絶対にそれ相当の罰がくだると思ってる。
その気持ちには迷いがない。たとえこの世の刑には服さなくても。
この世の刑なんて、くだらない。

真実に照らして、必ず報いを受けるだろう。
だから不条理な目にあっても、不条理なことを目にしても、
私は悲観しない。静かに傍観できる。
やがて正されると確信してるから。
そのことを考えると、なぜかすごく力がでるというか、
ものすごい力が湧きあがってくる。
まったく躊躇《ちゅうちょ》のない確かさで、
悲しんでる人に言い切れる。

⑮
-
P449

苦しさって……。悪いものや悪いことや外の不幸が、
人を苦しくさせるんじゃないんだ。
苦しさって言うのは、自分の中の
葛藤《かっとう》みたいなものだよね。
精神的な、自分との戦いみたいなもの。
その戦いは、日常生活の中で誰にも見分けられずに起こっていて、
普通の暮らしをしながら、
ひとりで戦い続けなきゃいけないんだよね。

⑱
-
P221

人生は宝さがしだ。
宝物への行き方を自分の地図に記している。
とんでもないものにも出会う。
蓋《ふた》を開けたらハズレもある。
ハズレの底が二重底になっていて、
よくみたらいいものが埋もれているかもしれない。
それに気づいたり、気づかなかったり……。
人生は宝さがし。好奇心にあふれた人にも、無関心な人にも。

㉑
-
P320

ストイックに我が道を、オリジナルな道を行くしかない。
みんなそうだから。
みんな似たような孤独の中で
どうにかやってるんだ。
そしてときどき喜びもあるけど、
それも通り過ぎて行く。
淡々とした営みの中にも、
しなやかな充実感はあるし、
虚《むな》しさは軽さでもある。
寂しさは爽快《そうかい》さでもある。

㉔
-
P54

人は、好きなことをすると、自分をとりもどす。

⑤
P233

トマトサラダと、きゅうりのバンバンジーをつまみながら
つらつら思った。
「悪いことって、ない」ってことについて。
悪いことって、本当はないんだと思う。
あるのは、出来事、というか、事実、と、それに対する思い。
悪いことがあるとするなら、たぶんそれは悪意というもの。
世の中でおこってることは、ただ、そのもの、だ。

⑩
P24

人の一生の中には、
その時によって必要なものがある。時期がある。
幻想をいだくべき、時期、現実をみつめるべき時期、
現実のむこうに何かをみいだす時期。

⑪
P14

小学校の発表会。
さくたちのクラスは練習不足だったそうで、
たしかにぐずぐずだった。が、どうにか終わってた。
どんなものでも終わるものだ。

⑯
P318

人生って、生まれたての人の目の前に
「世の中のしくみ」っていうジグソーパズルのピースが
ばら撒《ま》かれてて、生きながらそれを1個1個はめていく
作業をしてるみたいなものだよね。
だんだんに形が見えてくる。

⑱
P133

人は、自分が持ってないものや、
失ってしまったものは気づくのに、
持っているもののよさには気づきにくい。
持っているものはまるで透明なもののようだ。
持っているものの素晴らしさに、
あるときハッと気づく時、心が開かれる。

⑱
P321

たぶん、生きること自体が音楽みたいなものなんだと思う。
生きることはみんなで奏でる交響曲みたいなもの。
すべての人の音色がこの世界を満たしていて、
その人の人生にじっと耳を澄ますと聴こえてくる。
どの人の音にも、その人だけの響きがある。

⑲

P56

「私は本当に驚くんだけど、心って、歳をとらないんだね。
大人になったら見た目が歳をとるように
心も歳をとるのかとずっと思ってたけど、
見た目はどんどん歳をとっても、
心は見た目ほどには変わらないよね。
それにすごく驚いてる」

⑯-P168

夢を広げる作業は楽しいけど、
一転、それらをたたむ作業も嫌いではない。
それらをひとつひとつ目をそむけずに
丁寧にやっていく作業は、私に冷静さを取り戻させ、
新たな現実に目覚めさせる。

㉑
-
P17

大人になってみてふりかえると、
子どもの頃のことで、その頃わからなかったことが
改めてわかることがある。
時間がたってはじめてわかる昔のこと。
未解決だった問題が、解決してゆくような気持ちが味わえるのは、
大人になることのよさのひとつかも。

⑩-P335

人って……、「自分の判断や解釈は
間違っているのかもしれないという不安な思い」と、
「自分の勘を信じたり思い切るという強い気持ち」の両方の中間、
シーソーだったらバランスのとれた一点に立って日々生きている。
もしどちらかにずれて、
その緊張感のある場所からおりてしまったら、
それが悪い意味で「歳をとる」ということかもしれない。
ああ、もう、おりちゃったんだなあって、思う。
そういう意味でいえば、生まれつき「歳をとってる」人もいる。
そして死ぬまで「歳をとらない」人もいる。

⑮
P298

波がざばんと来て、引く。
波がざばんと来て、また引く。
そういうことなんだろう。
毎日の、いいと感じることも悪いと感じることも、
ざばんと来て、引く。
波が寄せては引くように、いろいろなことが押し寄せては、
通過していく。岩につかまったり砂地に踏んばっていようとすれば、
水の力は強い。
どうしても翻弄《ほんろう》される。
どこにもつかまらず波に漂っていれば、
無理に力を入れる必要もなく、何の抵抗も感じない。
私は水のようになりたいのではなく、
水に浮かんでいるもののようになりたい。

⑰
P143

私のかなり好きなもののひとつに、
相手の名誉のために、今見たことはけして
だれにも話すまいと心に決めた人
というのがある。

④
・
P108

草むしりをしていたらいい匂い。
花がバナナの匂いのする木。いつもこの季節に甘く香る。
これ、カーカが鼻の穴につめて学校に行きたいと言ってたなとか、
いろいろ思い出す。
こういうふうに過去の出来事を懐かしく切なく思い出す時、
今も、未来の過去なんだなと思う。

㉑
-
P47

素敵なものって、くっきりはっきりと
していないものなんじゃないかな。
くっきりはっきりしていない、あまりよくわからない、
よく知りたいけどよく見えない、というもの。
それが素敵さの条件かもしれない。

㉒
-
P13

雨に濡《ぬ》れても思考は濡れない。
心は、気持ちは、現象から自由だ。

㉔
P271

そして、ひさしぶりにデパートなど雑踏の中を歩いた。
道行く人たちも寒そうで、黙りこくっている。
人間の体の表面を境目とするなら、
その中の世界と外の世界は同じぐらい広いのだろうなどと、
すれ違ったおじさんやおばさんを見て思った。

⑥
P234

近すぎて見えなかったものも、
遠ざかる時はじめてその形がよくわかる。

⑪
P96

いつもいつも新しく、
ああ、そういうことかと何かがわかる。
どうして今までわからなかったんだろうと思う。
こんなこともわからないで今まで過ごしてきたんだと思う。
だったらこれからはもっと生きやすくなるだろう。
そういう発見はいつもあって、終わりがない。
それがこれからもまだまだ続くんだと思うと、
いったい最後にはどこまでがわかるんだろうと思う。
でもそこさえも何かの、まだまだ途中なのだろう。

⑮
P165

「私の体が宇宙と同じぐらい大きくなって、
地球やいろんな星や生物の動きを、
宇宙の体になった私が体の一部として感じてみたい」

⑲
・
P442

いつも思うけど、上にも下にも限りない。
上には上が、下には下がある。
ある一点のちょっと上にはちょっと厳しいものが。
ちょっと下にはちょっとゆるいものが。
どこにいても上からはゆるく見られ、下からは硬く見られる。
どこにいても両方から真逆の理由で否定される。

㉕
P167

ゴールというものがないから、人生はつらいね。
ここまで行ったらもうあがり、なんてことはない。
いつまでも続く、絶えまのない流れ。
さまざまな出来事が糸のように編み込まれ、
織られていくタペストリー。
私の絵。あなたの絵。だれかの絵。
それぞれの絵が途中まで描かれてる。
好きでも嫌いでも、これが私。これがあなた。

⑱
-
P96

生きていることはそれだけで素晴らしい。人はでも、そのことを普段、意識しないようにして生きている。あるいは、知らないで生きている。意識しないようにしている人も、知らないで生きている人も、一緒にごたまぜに、この世界にいる。

奇跡の中に私たちはいるのだ。

そのことを、いつも思い出していたい。

そのひとカケラでも私はだれかに手渡したくて、その素晴らしさの中にいるという奇跡を一瞬でも感じさせたくて、私は今日も生きている。

⑳
P239

夢は、破れてから見るもの

草むしりをしばらくつづけた。
10分ほどもくもくととりつづけていると、
草むしりの意味とはなにかと思う。
ひまわりを育てるために、ぺんぺん草をぬく。
それは、ぺんぺん草を育てるために、
ひまわりをぬくのと同じことだろう。
たまたま今はひまわりが主役なんだな。
ひまわりにとって、いい時代といえよう。
そしていつか、ぺんぺん草が主役の時代が来たら、
ひまわりがぬかれる番。

②-「庭いじりと私」

夢は、破れてから見るもの。

⑳
・
P274

今、すごく悲しいことがあって
立ち直れないかも知れないと思っている人へ、
私は三ヶ月だけガマンしなさいと言いたい。
もうこれから先に楽しいことはないだろうと思ってる人へ、
三ヶ月、とりあえず三ヶ月だけ生きてみなさいと。
三ヶ月後のカレンダーの日付にまるをつけて、そこを目標に。
それだけを考えて生きていくと、いざ三ヶ月たって、
まるの日になった時、いつのまにかまた笑ったり、
夢をもったりしている自分に気づくと思う。
三ヶ月のガマンだ。

⑥
P301

日常生活の中で、それぞれの人が口から出す言葉というものは、
舟からぱっと海へはなつ魚とり網みたいなものだと思う。
その影響を理解していなくてはいけないと思う。
網は、まきとらなければならない。
あちこちに投げっぱなしにすると、
いろんなものにからまって舟は沈んでしまう。
網にはいろんなものがかかってしまう。

②
-
P44

すごく身近の処理しにくい、
判断のむずかしいさまざまな出来事に、
ハンドルさばきを迷った時は、
遠く、できるだけ遠くの、これから進む道の果てをみると、
うまくすりぬけられる。
トンネルの中のカーブを曲がる時も、こわい時があり、
その時も、近くを見ずに、対向車も見ずに、
ひたすら先の方、これから行く先の方を見る。
カーブで見えない時は、体をカーブの向こうへあわせる。
心がスーとそこを通っていくようにまっすぐに傾けて。

④
P128

「自分がまいた種だろう」という言い方もありますが、
言葉というのは、まさに種にも似ていると思います。
（以前、網にたとえたこともありました。）
私たちは言葉という種を、
毎日毎日ぱらぱらぱらぱらとまいています。
ほとんどがそのままですが、
時々、忘れた頃にそれが他の人の中で育っているのに気づいたりすることがあります。
いい言葉の種の時は、実がなった時うれしいけど、悪い言葉の種の時は、人の心で育って実になるとこわい。
それで、できるだけ、他の人の心に、
悪い種をうえないようにしたい。
いい種をいい土壌にまくと、
すばらしい植物が育ち、すばらしい花や実をつけるのでしょう。
それが、ずっと後《のち》のちまで続いていくとしたら、
それこそが、自分が死んでも自分が生き続ける、
という感じかもしれないと思います。

③
P82

5年前、10年前の自分が、
年上の人たちに言ったなまいきな言葉たち。
今思うと、はずかしい。
でも、その時はそう言うしかなかった。
もっとこう……ゆったりと大らかになれなかったか。
なれなかった。きっと今も、
後で考えたらはずかしいってことをしてるんだろうけど、
今はこれでいいと思ってやってる。
それでいいんだと思う。

④
P280

人の弱さや悲しさの前に、
限界よりもほんのすこし長く立ち止まっていられたら、
そこに強さややさしさが見えてくると思う。
キラキラ光るものが。

⑥
P139

今までの人生をふりかえると、
たしかにあの頃は冬の時代だったとか、
あの頃はわりと楽しかったと、大きな流れがみえる。
点と点をつないでみると、はからずも山と谷ができるように、
人生にも山や谷がある。
その時はわからなくても、後になってよくわかる。
ドルの相場と同じで、いまが底とか、いまがピークというのは、
その時にはわからないものだな……と思う。

⑨
P30

どんなに大きな夢でも、目的地が仮に千歩目にあるとするなら、
最初の数百歩は地味な数百歩だ。
そしてその最初の一歩は、今すぐここから踏み出せる一歩だ。
夢は空中にぽっかりと浮かんでいるのではない。
そのさきっぽは必ず地面にふれている。

⑫-P73

人生は、車を運転して知らない道を走っていくのに似てると思う。
運転手は自分。一人乗り。道は、ほぼ一方通行。
それぞれの車には目的とする方向がある。
時々、道を間違える。
どんどん走りながら、ん？　これは違うかもと感じる。
それでもまだしばらくは走り続ける。
カンのいい人は早目に道を変える。
違うかもと思いつつ走り続けた人は、どんどんズレていく。
本当にこれはマズイと思う。大変なことになっちゃったと、
ドキドキして汗もでて、気が重くなるかもしれない。
が、大丈夫。チャンスは必ずやってくると私は思う。
道を変えるチャンス、機会はおとずれる。
その機会がおとずれた時に、落ち着いて車線変更して、曲がるのだ。
その時をあきらめず、待つのだ。

⑩
P157

学生の試験は試験日にあるけど、
人生の試験は毎日の中に潜んでいるなと、思う。
私が人を採用……というかこの人は素晴らしいと認めるのも、
ふだんの日常の中でだ。だから、毎日が心地よい
緊張の連続でなければいけない。
私も誰かに採用されるかもしれないから。
人に会うのも面接のようなものだ。
毎日がオーディション。

⑯
-
P33

結局は、自分しかいない。
どんなに身近な人、家族や愛する人と共になにかをするとしても、
行動は自分の分しかできない。相手の行動は相手のものだ。
共に何かをするということは、
ひとつのことをふたりでお互いに依存しあってやるのではなく、
それぞれがそれぞれに自分の責任と判断で、決断するということだ。
生きている限り決断は、常に目の前に存在し続ける。
かかえた荷物を持つ腕を放さないでいられる強さ、
かかえた荷物の大きさと重さを意識できる冷静さ、
それから、それから、
かかえた荷物の本当の無意味さを知っている自由さ。

⑯
P52

もしも破《は》綻《たん》が訪れるとしたら、それはいきなりやってくるはずだ。
でもその破綻もすぐにつぎの出来事に侵食され、
急流を流れるように毎日は流れながら変化していく。
驚いたのもつかのま、すぐに事件は日常になり、
倒れふす者も飛び上がる者も、たくましい生命の渦にのみこまれ、
どんどん色は塗り替えられていく。次々と。
どうなるとしても私たちはそのことをいつも考えていた方がいい。
危機管理ということ。いつか急にこれがこうなったら、
あれがああなったらというシミュレーション。私は常に考えてる。
自分のできる範囲のことを。常に考えてるということは、
覚悟をしてるっていうこと。心の奥で覚悟しながら冗談を言い、
ご飯をつくり、だらだらして、本を読み、仕事をして、夢も見てる。

⑮
-
P349

過去の自分、現在の自分。
だれでも過去の自分に今の自分から言いたいことや
教えたいことがたくさんあるだろう。
つらくても悲しくても大丈夫だから、心配するなと。
今とても苦しく、おもしろくないと思ってても、
それは未来から見たら乗り越えられるつらさで、
もっといろんな見方がある。
大丈夫、ってことをたぶんだれもが自分に言ってあげたいだろうな。
励ましたいだろうな。それを今の自分にあてはめて考えると、
今つらくても、それを未来から見たら、
大丈夫だから、乗り越えられるからって、
未来の自分は現在の自分に言ってくれてるのだろうと思う。
その声に力づけられて、生きていこうね。

⑯
P90

試練っていうのは、いろんな姿形をとって、
私たちの目の前にあらわれる。
恐ろしい形相や醜い姿、いかにも怪しげなものだったら、
身構えるし、警戒もする。
けどそれが、美しかったり甘かったり
きれいだったり素敵だったりしたら、警戒するどころか、
こっちから飛び込んでいくかもしれない。
自分の好み、見た目や感じがよく、
いい匂いのするものには気をつけよう。
自分の好みに姿を変えた「試練」かもしれない。

⑰
-
P454

「こうなったらいいな～」はいいけど、
「こうならなきゃいけない」と思い込んだ時から、
苦しみは始まるね。

㉔
-
P20

この部屋は冬は朝日が昇る一瞬しか
日が射さないんだなと思った。東向きなので。
冬は寒いだろうな。景色はいいけど……。
なにもかもそろってるってないよね。だから条件だよね。
自分にとって何が重要か。優先順位をはっきりさせて、
そのいくつかの条件をクリアすればいいというラインを見定める。
それ以外はおまけと考え、よかったらラッキー、
ダメでもＯＫとする。なんでもそうだね。
自分の中の優先順位がはっきりしない人、決められない人が、
何も選べず、何も決められない人なのだろう。

⑱-P355

大人になるということは、
楽しいことがいいことだと思わなくて済むようになるということ。
大人になるということは、舞台裏を推し量れる、ということで、
その舞台裏はかぎりなく存在する。無限にだ。
舞台裏は、舞台の裏にあり、目に見える舞台は、表でしかない。
舞台裏に、表を支える力と（表と合わせた）真実がある。
そしてその舞台裏が表になる舞台裏が、その裏にある。
それが無限に続く。続いている。
自分はそれの、今、どこにいるのだろうか。

㉔
P266

好きなものと関わっていると、好きなものがつながって、
好きなものが広がっていく。
嫌いなものと関わっていると、嫌いなものとつながって、
嫌いなものが広がっていく。
対策は、嫌いなものを嫌いじゃなくなるか、
嫌いだと認めて慎重に対応する。

㉔
P367

変化をおそれる人がいる。
そんな人は自分の身近な人の変化もおそれる。
でも人って、何かを知るたびに気づくたびに
変わっていくものだと思う。成長っていうか……。
成長のスピードが違う人同士は一緒にいられる時間が短いかも。

⑪
-
P50

引っ越し決行への流れがどこから始まったのか。
さかのぼれば、どんどんたどれる。過去を大きく含めるほど、
結局、いやだったこともみんなそのおかげかもと思えるし、
そうなると、どれも取りこぼせない。
全部が重なりつつ、つながって、今日までを作ってる。
後悔するといっても、幸福を感謝するといっても、
いったいはじまりはどこなのか。過去の意味が、
今の状況によって変わるとしたら、
途中でいちいち後ろを振り向いてもしょうがない。
今もまた、次には意味が変わってる。
大切に時間を使おうとするのなら、これからのことを考えなくては。

⑫
P174

虫とりの穴場、魚とりの穴場は、
その道の人に気安く聞いてはいけない。
まずは弟子入りするとか、1回おともさせてもらうとかから
はじめて、教えを待たなくては。
どうしても聞きたいときは、「初心者向きの穴場を」と言うべき。
穴場は、独自に手探りでさがしだすところに意味がある。
努力しないでおいしいところだけいただくというのは、
人生の、いちばんおいしくない味わい方かもしれない。

⑭
P168

悪気がなくても知識がなければ不幸は起こる。

㉒
-
P230

生活に必要な金額以上のお金は、別の性質を持つようになる。
そうなったお金は、使い方が肝心だ。
使い方によって、生きたり死んだり、自分を生かしたり殺したり、
人を生かしたり殺したりする。

⑭
・
P266

自由ということは縛られないということで、
それは落ち着かないということでもあって、
安定しないということでもあるんだなと思う。
私も彼女ほどではないけど自由で縛られない暮らしを求めていて、
それは落ち着かないということでもあって、
そのことからくる不安定さを甘受しないといけないんだなと思う。
つい落ち着きもほしくなるけど、落ち着くということは、
それで失う状態があるということだ。
状態というのは、違うものを一緒には味わえない。

㉑
P415

石畳をみてごらん。足元を。この小さな四角い石、ひとつひとつが
並んで、道を作っている。このひとつひとつの石が毎日の自分の
行動や思いだ。いいことも、悪いことも、それが並んで、
自分独自の道ができていく。ひとつひとつ、積み重なって、
ひとつひとつ、石の色が違う。やさしく親切なことは明るい色、
意地悪でひどいことは暗い色だとしたら、自分はどんな色の道を歩
いてきただろう。どんな色の道を作っていけるだろう。
みんなの道はどうだろう。その道はどこへ続くのだろう。
その道はどこへ私たちを連れて行くのだろう。

町がすべて消えて、やがて道だけが、残る。
地面も消えて、道がふわりと浮かぶ。
道が浮かぶ。
空中にたくさんの道が漂い、交差する。
まわりをみわたせば、だれかが、どこかにいる。
あなたがどこかにいる。
私は胸がいっぱいで、いつも言葉にならない。
この道は、どこへ続くのだろう。

⑰
P403

自分を高めるのは、自分の決意だけ。
それ以外にない。

㉔
P223

今を生きる、ということ

「何をしたいの？」と私が聞いたら、
「別に、特に、ないんです」と明るく言った人。
したいことがないってことが肩身の狭いことのように思われてる
現代で、堂々と、ないって言えるのは、とっても素敵だなと思った。

①
-
P195

ピリオドを打てば、そこが終わりになる。
映画はラストシーンでいつも感動する。
どんな映画でも、どんなつまんない映画でも、
いや、つまんない映画であればあるほど、
そこがラストだというだけで、
さかのぼってそれまでのすべてに意味を感じ、
ジーンと来て泣きそうになる。
つまり、切りとられると、どんなことも唯一無二の価値を持つ。
いつもここがラストだと思えば、そこは感動シーンになる。
でも人生は、ずっと続く。
ひそかにピリオドを打ち続ければ？
ラストシーンが限りなく続くことになる。
泣きたくなるほどの感動がそこにある。ひそかに。
それが、今を生きる、ということだ。

㉕
P146

こんなに天気がよくて、さわやかだと、なにか、心も晴れてくる。
普段は、なんとなく心のみけんにしわをよせているような私だけど、
こんな日は、明るい未来が、まだ見ぬ未来がひらけているんだった
と気がついたような気になる。
いつでも未来は、何が起こるかわからない
無限の広がりのはずなのに、うっかりすると
決まりきった今の延長であるかのような狭い展望になるので、
それはいけない。人生を変えることは簡単で
自由だということを忘れずに生きていこう。

②
P115

今度からも、いやな気分になったら、
時間をかけて考えることによって、原因をピンポイントまで絞り込もう。
そうすると、対処法もおのずから見えてくる。
すぐに解決できないかもしれないし、解決には時間がかかることや、
解決できないことがわかるかもしれないけど、
原因がわかるということは、解決するのと同じくらい、
解決したといえる。
いやな気持ちが消えない場合、その原因を、
奥の奥までさぐることだ。そうすると、
最初思っていた問題とはまったく別の原因が
見えてくることもある。めんどくさいといって途中であきらめずに。
頭の中にかすみがかかってもわっとなって
よくわからなくなってもあきらめずに。
心の中で、本当の原因を究明することこそが、解決だ。

⑬
P166

私が昔から、ずっと言ってることとって、
「生きることを悲しく思わないようにしよう」
ということだろうって今さっき思った。
人が生きていくということの悲しさ。と、例えば考えただけで、
私の頭の中はその具体例でいっぱいになり、
しかも次から次へとわきでてもくる。
それを一瞬にして払いのける強さをもつものを、
だから私は心の中に描き続ける。
それは、油断するとすぐに消えてしまうので、私は集中する。

⑦
P106

執着を手放す……執着から解放される瞬間って、
いい気持ちになるよね。驚くほど。
ふっ切れるって、そういうことか。
でも自分が執着してるってことに気づかないことがほとんど。
気づくことが、解放されるってことか。

⑯
P129

私は、自分の興味のあることだけを考えている人が好きだ。
そういう人は、ゆらがないから。

⑯
P188

目的地に向かって道のない森の中を歩いている。
何かを作るってすべてがそうだね。
勘に従い、人にも情報を聞く。
選んだ道が行き止まりだったら、がっかりしないで別の道を選ぶ。
そしてあきらめずに進む。あきらめずに進む。
物事は、悪いようにはならないとかたく信じて。

⑱
-
P444

好きなことをやったけど思ったようにいかなかった場合、「ほらね、だから言ったでしょ」って言う人がいるけど、それも聞いちゃいけない。結果がすべてではない。過程を得たのだ。今はわからないかもしれないけど、そこにはたくさんの、後になって宝だと思うものが詰まっているはずだ。

⑲
-
P306

どんなに世界が狭くてもいい。
私は私が確かだと実感したことだけで物事をとらえていきたい。
世界地図は人に任せて、私は私の地図を作りたい。
行ってない場所は、どんなに有名でも書き入れたくない。

㉓
-
P299

たとえば亡くなった人が
「好きなように生きたから悔いはないだろう」と、
残された人々に思わせる生き方をすることが、
なによりも残された人々を悲しい気持ちにさせないだろう。
心残りがいっぱいあったと思わせる生き方をすると、
残された人は悲しくやりきれない。
だから人はそのためにも、好きなように生きた方がいいと思う。

㉓
-
P377

私が長く伝えようとしてきたことのひとつは、
人がその人の職業や肩書や地位や持っているものや服を
全部脱いで、ただの体一つ、いや、体も脱いで、
心だけになった時、何によって自分を自分だと思うか、ということ。
その心だけになった自分で、いつも人とはつきあいたいと思う。

㉕ - P367

「好きな物に囲まれて暮らすこと、
生活を快適になるように工夫すること」が、
どんなにか日々をたのしく張りのあるものにしてくれるかを、
そうできなかったこの1年で痛感した。

⑬
P102

いろんなことは、きりがないけど、
このへんでじぶんはいいやというあきらめどころ、納得どころ、
受け入れどころに、迷わない人になりたい。
自分らしさ、自分の分というものを知る人になりたい。
そして、自分の分をしらずしらずに守って生きているような人になりたい。
自分の分を知ることは、
平安を得られることだと思う。

⑭-P191

本物の傷っていうのは、自分自身の中心にある
柔らかいところにつけられた傷だ。
本物の怒りは、自分自身の中心にある柔らかいところを
傷つけられた時にわいてくる感情だ。
その柔らかいところは、だれもがかなりガードしているはず。
はっきりしないあやふやな境界線をかすったぐらいで
大騒ぎするなと言いたい。
または、柔らかいところをそんな簡単に人前に、さらすなと。
つつしめよと。

⑮
P505

気が重いが、こういう時、私は、運命というのは決まっていて、
映画のシナリオのように今日１日のことも全部決まっていて、
ただ今日の分をやるだけだ！
と無理やり自分に思い込ませる。

⑰
P330

態度やふるまいが、生き方だ。
どのように歩くか、どのように話すか、
どのように笑い、相槌《あいづち》をうつか。
どのように心を美しく保つか。
汚そうと思えば、どこまででも汚せる心。落ちていく心。
それをどこまで高く保つか。そこにすべてがかかってる。

⑰
P524

まわりを騒がしく感じて、まわりを静かにしたいなら、
自分が静かになればいいんだ。
自分を静める。静かに、静かに……。
小さな静寂を作りだし、それを井戸のように深めていこう。

⑰
P541

「私は、いろいろなことをガッカリしないようにしたんです。
もし、何かがダメになって、ガッカリしそうになったら、
これは神の采配《さいはい》で、こうなった方が
よりよくなるんだと思うんです。
よりこっちの方がいいからそうなったのだと。
いい方に動かされたんだと。
だから、ガッカリすることがないんです。かえって、これによって
どんないいことが起こるのだろうといっそう楽しみになるんです」

⑳-P80

好きなことばかりではなく、
嫌なことも人はやらなきゃいけないことがあるけど、
そういうことも好きなやり方でやれればいいのだと思う。
好きなやり方でやれるなら、嫌なことも嫌じゃなくなる。
そこにすら自己実現の可能性はある。

⑳
P178

人の人生のいいところは、あ、失敗したなと思ったら、
すぐ今、ここからやり直せることだ。
「しまった」と思っても、今から考えを改めて
新しい考えの自分として再スタートを切れる。
そして、今からの選択を自分でできる。
間違ったと思ったら、あれは間違いだったと認めて、
「新しくここから始めます。もう今までの自分ではありません」
と言えることは、それができることは本当に助かる。

㉑
-
P157

今、抱えているトラブルについて。
自分のできるだけのことはやって、それ以上はできない
ということになったら、それを受け入れよう。
できる限りのことをやり、できないことはあきらめる。
そしてその結果を引き受けることにしよう。

㉔
-
P342

なんでも進化すれば質はよくなり扱いやすくなる。
でも、かつてのせいいっぱいと、今のわざと質を落としたものが、
もしレベル的には同じだとしても、
せいいっぱいが持つ崇高さみたいなものはそこにはない。

㉒
-
P21

夕ご飯の支度中、ご飯茶碗《ぢゃわん》が棚から落ちた。

焼しめの、サバイバルセミナーで買ったやつ。

あっ、というまに床に落ちて割れた。あーあ、と思ったが、

物事をいいふうに考えるたちの私はすぐに、

これはもう私には必要ないのかもなと思った。

そういえば、父が死んだ時も、最初の数ヶ月はとても悲しかったが、

やがて、ぼけたりする前に死んでよかったと思ったものだ。

やはり、両親の死というのは、いつかはどうしてもやって来る悲しみのハードルだ。

ひとり終った……と、

ほっと肩の荷がおりたのだった。

⑫
P279

以前は、健康な状態から病気世界を見ていたので、

今の価値観で病気になった自分を見ていたので、

苦しく恐かったけど、たぶん、病気世界に行ったら、

健康世界は遠ざかってしまい、今までの世界が、遠くの、

周りの、別のもののように感じられるんじゃないかな、

と思ったら、気が楽になった。

新しい世界で、一から身をたてなおそうと思ったら、気持ちが落ち着いた。

その場合、余計なものがない方が、より楽だろう。

そのためにも、自分の日々の望みをはっきりとさせつつ生きていきたい。

なにか起こったら起こったで、その時に考える。

⑭

P211

いろんなこと、逆に考えたら楽になることは多い。
何かができなくて落ち込む時、できないのがふつうだと思えば、
もしできた時、すごくうれしい。
そういうのの究極で、死んでることがふつうだと思えば、
今生きてることは、何億年という時間の中で
数十年間生きてることは、すごく一瞬だし、すごくおもしろい。
死んでるのがふつうだと思えば、今、
人があれこれ言ってること、価値観はほとんど全部、
ひっくりかえる。

⑮
・
P199

私はある時、どうしたら死ぬことが怖くなくなるか考えて、
死んでもその先があるという考えに賛成することにした
（私は今はまだ全然死にたくないし、長生きしたいけど、
もし『あ、こりゃ、もうダメだな。死ぬな』と思う状況になったら、
じたばたせずにパッと切り替えて、
死んだらどうなるかをすごく楽しみにすると思う）。

⑰
P129

私が思うに、しあわせな人と不しあわせな人、
問題ある人と問題のない人、運のいい人と悪い人と、
はっきり分かれているのではなくて、その違いは、ただ単に
悩みを悩みとしてとりあげるかどうかの違いのような気がした。

③-P80

大事なことは、日常生活をそつなくやりこなしながら、
もうひとつの自分だけの現実を手にいれることだ。
その現実は、日常生活に影響されない場所にあり、
自分をはげまし、うっとりさせてくれる。

⑤
P288

幸福だと思えることも、技術と訓練だ。
自分を甘やかさなければ、
どの場所でも幸福だと思えるだろう。
甘やかさなければ、ないものを求めない。
ないものは自分で生み出そう。
自分で生み出せないものを求めることをやめよう。

㉔
・
P229

ふりかえって思うに、「恋人ができたから、もうしあわせ」とか、
「仕事で成功したから、もうしあわせ」とか、
「結婚したから、もうしあわせ」とか、
「どんとお金を稼いだから、もうしあわせ」とか、
「子どもができたから、もうしあわせ」とか、
「家ができたから、もうしあわせ」ってなことはまったくなかった。
確かにいっときはうれしいけど、それはいつもいっときだけ。
しあわせ感は揮発性だ。

⑬
-
P319

自分は不幸だと思っている人の話をいくつ聞いてもしょうがない。
できれば幸福だと思っている人、
自分なりに成功していると思っている人の話を聞きたい。
そこにはその人たちに共通するもの、何か胸に響くものがあるはず。
不幸な例を聞きすぎると、知らず知らず人は不幸を待つようになる。
自分の現実には責任がある。自分の現実は自分が作っている。
「運が悪い」はない。悪いのは運ではなく自分の考え方だ、と思う。

㉕
P175

人それぞれの分にあわせた大きさのコップがあるとするならば、
それより多い幸福も、それより多い不幸もあふれでる。
自分にうけとめきれない幸福はやってこないし、
うけとめきれない不幸もやってはこない。
やってきてもわからない。許容量を超えたものは測定不能だ。
自分に見合ったものしか、人は見えない。

⑭
P318

……幸福度って、

「その時の幸福感×それが続く可能性のある年月」ではないか。

つまり、その幸福がどれくらい続くと思われるか、その総量。

たとえば、だれかと相思相愛になったとして、その瞬間はうれしい。

そしてたぶんしばらくはつきあうだろうからうれしい。

でもつきあいは不確定。

それよりも、その愛する人と結婚するとしたら、

それが何十年も続くかもしれない。

だから、つきあうよりも結婚の方が予想される総量は大きい。

他には、子どもができる。

これもその後何十年も続くから総量は大きい。

その他には、就職や、入学、新居をたてるとかもそうかも。

とにかく、それが続くと予想される年月というのが幸福度に関係するのではないか。

でもたいがいは、それほど長くは続かないのだけど。
そして、それに執着するとまたそこに新たな苦しみが芽生えるのだけど。
で、私が思ったのは、年月の部分は空想や希望なので、
年月を考慮しないで
その時その時の幸福感を味わうしかないということ。
永続する幸福ではなく、今の幸福。
だとしたら私も幸福を感じることができる。
ただその幸福はあまりにもその場限りだから、
その瞬間瞬間で満足しなければならない。
寂しく聞こえるかもしれないけど、
それが（ある種の）幸福の本質かもしれないと思う。

㉔
P408

苦しいときでも
楽しそうに笑える
悲しいときでも
楽しそうに笑える
人はみんな
苦しくても
笑って生きている
どんなに悲しくても
笑って生きている
だから笑っている人を見ても
幸せだとはかぎらない
心の中で
号泣していることもある

⑯
P489

恋とか愛とかいうもの

人の恋の話って、話したがってる話ほど、
聞くほうはおもしろくなくて、話したがらない話ほど、おもしろい。

⑫-P339

絶調期の恋愛とは……、最高の自己肯定ではないだろうか。
自分の好きな人が自分を好きということほど、
自信のわきでるものはない。まわりのものが無価値になるほど。
だれに何を言われようとも、無価値なものの言葉は無価値だから、
気にならない。二人だけで世界ができあがる。
どんなイヤなことがあっても、愛する人と一緒だと大丈夫。
障害があるとかえって仲は深まる。二人でぎゅっと抱きあえば、
忘れられる。恋の強さは恋の弱さでもあり恋の怖さでもある。

⑥・P27

「好きになったところが嫌いになるところ」と言うが、
まさしくそうだなと、さまざまな人々の恋愛を見ても、
確かにそう思う。

⑥
P221

あの、気をつかう、ドキドキするカッコ悪い初デートを
しなくちゃいけないくらいなら、誰ともつきあいたくない。
自然で、あっというまで、ついでのようなデートなら、いい。
というか、だれが見てもデートに見えないけど、
二人にとってはデートだったというのがいい。

⑩
-
P96

人は、その人の能力の限界までしか人を愛せない。
その人の限界までの包容力しかもたない。
「能力」を「想像力」に変えてもいい。
人は、その人の想像できる範囲内しか、他人を守れない。
ということを思った。たとえば、私が誰かを許すと言っても、
そのことがその人の想像力をこえていたなら、その人は、
それを信じないだろう。好きだと言っても信じない、
自由にしていいよと言ってもおそれる。そういうことは、
二人の間の想像力や受け入れる能力の差がある時に、よくおこる。

⑩
P212

好きと思った瞬間の、その「好き」は、
かなり真実というか本当だけど、
その瞬間がすぎたあとにも残る好きの気持ちは、
ほとんど幻想だなあと思う。

⑩
P297

この世には、男と女と性衝動。この容赦ない三角関係。

⑬

P354

あっというまに食べ終える。ゆずシャーベットがおいしかった。
すると、最初はあんなに感動していたのに、お腹いっぱいになり、
時間もたつと、すべてに慣れてしまい、
最初の気持ちは消え失《う》せている。不思議なものだ。
景色を見ても、なんとも思わない。神秘的だとまで感じていたのに。
愛や恋も、こういうものかも。愛に飢えている時や恋してる時には、
素晴らしく見え、飢えがおさまり、恋がさめると、神秘さが消える。
「ゆずシャーベットがおいしかったな」という
そっけない感想だけがポツンと残って。

⑭
P234

ぼんやり思っていたのだが、「利用された」という言葉がある。
「あなたは私の美しさを利用したのね！」とか
「君はただ彼の財産を利用しようとしているだけだ」とか
お金や恋愛や権力にまつわることが多い。
で、その利用する、されたという言葉がどうも嫌なので、
別の言い方がないかなと思った。
そしていいのを思いついた。
「賭《か》けた」というのはどうだろう。
「あなたは私の美しさに賭けたのね」
「君は僕の財産に賭けたのだね」。
さわやかじゃないか。
利用した、されたと思わず、賭けたのだと思おう。

⑮
-
P29

所詮《しょせん》、なんか、これ以上は言葉を尽くしても
無駄だから口をつぐもうという壁が、
男と女には、なんにしろあると思う。
でもそれは決して悪いことだけではなく、
そういうどうも
解りあえない解らなさを大らかに包み込むところに、
余裕というか遊びやおもしろさはあるのかもしれない。

⑮
-
P454

「ああ〜！　あの頃（自分の若かった時代）、携帯があったら、
あの時、彼女とうまくいってたのに！」って。違うよね。
連絡とれなかったせいじゃないよね。そういうのって。
何かのタイミングでうまくいったり、いかなかったりって
恋愛にはよくあるけど、それですれ違ってしまうものは、
それまでのことだったんだと思う。どんなことをしてでも、
って思う人はどんなことでもやるだろうし。
それに、あの頃携帯がなかったからこそ、
うまくいった恋もあっただろうから、結局トントンだと思う。

⑰
P266

愛が叶《かな》わないと心の底からわかった時、人は抜け殻のようになる。
けれど抜け殻には可能性がある。新しい身体を、新しく入れよう。
前よりも強靭《きょうじん》でしなやかな身体を。

⑰
P435

恋人がいない人が恋人を願う。でも、と思う。
好きな人がいないんだったら無理に人を好きにならなくても
いいんじゃないか。
人の言うことを気にするな。
世間の言うことを気にするな。
気にしても誰も責任を負ってくれるわけじゃない。
自分のことをずっと見てるのは自分だけ。
誰も気にしてないんだから、気楽にいこう。

㉑
P422

会いたい人に会うためには、会いたいと思う方が一歩踏みだし、
行動を起こさなきゃいけない。
その一歩は、とてつもなく
大きな一歩であり、重要な一歩であり、繊細な一歩だ。
でも、どんなことも、情熱をもった一歩からしか物事は始まらない。

㉒
P140

だれかのことを好きになった兆候として、
好きなお店や場所を見つけた時に、その人と一緒に来たいなと思う、
というのがあると思う。
映画でも、その人と一緒に見たかったな、とか。
「連れて行きたいとこがあるんだ」と、
好きな人に言われたら、それはうれしい言葉だと思う。

⑦
-
P151

この人といつまでも一緒にいたいと思う感情って、
こんな短時間でも形成されるんだ……。
人が人に惹《ひ》きつけられるのって、時間じゃないよね。
その人の個性がはっきりでていて、それを好ましく思えば、
こんなにもすぐに人を好きになれる。

⑳
P169

たとえば、私の嫌いなもの……パーティが嫌いとすると、
それはなぜかというと、知らない人が多くて、
料理がおいしくなくて、気をつかうなどだけど、それが、
知ってる人が多くて、おいしい料理があって、
気をつかわないのなら、好きだと思う。
恋愛も、ドキドキするデートをしなくて、
気ままに、気らくに会えて、
自己嫌悪におちいらず、しっともしなくてすむのならいい。
結婚も、そくばくしあわず、お互いに自由なら大丈夫だ。
そう、自分の求めている形のものがはっきりしていて、
それを待つ気持ちがあるなら、いつかどうにかなると思う。

③
P137

結婚していると、真のひとりの時間というのがなくなる。
同じ家の中に誰かがいるわけで、たったのひとりで
孤独のようなものを感じつつすごすってことがなくなる。
ふたりのよさもあるし、ひとりのよさもあるなと思う。

⑦-P55

年齢を重ねると、人の見方も変化する。
「ゴミすても何もできないんですよ」とにこにこ笑う顔を見て、
ああ、この人と結婚したら、奥さんは何から何まで
全部お世話しなきゃいけないんだろうなあーと思った。
だんなさんのためにつくすこと、お世話することを納得して
結婚した人はそれでいいけど、人の世話があまり好きでない人は、
結婚してだんなさんの世話をずっとやり続けるのって
つらいだろうな。
男は仕事、女は家庭って形はずっと長く続いてるし、
それが大部分を占めてるので、
人々の価値観もそれ用のが多い。
そこに疑問をいだいた人は、自分で世界を切り開かなくては。

⑪
-
P263

結婚って、言ってみれば、まあ……、人の世話。
子育てって、言ってみれば、まあ……、人の世話。
子育てって、子どもの性格×親の性格だから、十人十色。
人のやり方を参考にできないところがミソか。

⑫・P41

男の人で照れ屋で、友だちの前なんかで自分の母親を
「シッシッ」なんて追い払う人がいるが、そういう人は私は嫌いだ。
甘えてるんだなと思う。
照れくさいとか恥ずかしいからと
愛情を極端に反対の方向に表現することしかできない人って、
感情表現において未熟な人だと思う。
私の昔からの持論で、「男性の母親に対する態度＝その人の妻に対する将来の態度」というのがある。

⑯-P14

結婚って「お伺いをたてる」関係なんだよ、と言ったら、
感心していた。「それ、わかりやすい」って。
「特に妻が夫にね」「やだね」。
「お伺いをたてなくてすむような夫婦っていないのかな？」
と言うので、
「いるとは思うけど、それ、
たぶんよくある夫婦っぽくはないかもね」。

⑯
-
P300

好きな人とは、寸暇を惜しんで、できるだけ、ちょこっとでもいいから会いたい。

会うっていうことには、なにも言葉を交わさなくても、確認の意味がある。

会うこと、同じ空間にいること、何かに隔てられずに見つめ合えること、そこから得られる情報量は多く、なによりも確かだ。

⑰
-
P385

人の悩みのもとをたどると、執着心にいきつくことが
多いんじゃないだろうか。
執着しているその何かを手ばなすと、らくになるはず。
たとえばそれがはじめからなかったとほんの一瞬でも想像できるな
らば、わずかながらも、目の前がひらけるだろう。
心から愛すること、いとしく思うことは、
執着することではなく、祈ることに似ている。

⑨
P114

同性でも異性でも同じなんだけど、二人の人がいて、
一方は相手から離れたいと思い、
もう一方は離れたくないと思っている場合、
離れたい方は離れたくない方に言葉で説明してもほとんどムダだ。
納得させられない。
で、方法としては、ガンと一発ケンカ別れか、
ものすごーく長い時間かけて、三年とかかけて、
相手にあきらめさせるしかない。

⑩
・
P40

そうだよね。どんなに好きでも一方通行だったら、
相手は気持ち悪いだけだよね。ストーカーになっちゃうよね。
好きな気持ちって、たとえ両思いでも片思い同士の両思いみたいなことだと思うよ。
気持ちはいつも一方通行で、
それを相手が許すか許さないかの違いだけ。
人は、人を一方的にしか好きにはなれない。
好きでいることと、好かれることは、平行線だ。
けしてまじり合わないのだと思う。よーく見るとね。

⑱
-
P75

別れたくても別れられない、離れたくても離れられない、
そんな苦しい関係の中で人は多くを学んでゆく。

⑭
P173

青い山に夕方の光。ちょっと悲しいような気持ち。
きれいで、虚《むな》しくて。愛するって、どんな気持ちだったろう。
人を愛するって、天国のようなお花畑と
真っ暗闇の断崖《だんがい》を同時にのぞき込むような、
ぞくぞくするような怖い、おごそかな気持ちだったな。
感謝と感動と覚悟を同時に強いられるような。
「素敵な人と知り合いたい」って誰かが言ってた。
素敵な人と知り合うには、自分も素敵にならなきゃね。

⑰
-
P192

「その瞬間」

知らずに私の言葉は
その人の　誰にも言ってないはずの胸の奥の孤独に触れた
その瞬間
私たちは広い宇宙の中にふたりだけでいた

その人は　覚悟を決めた人のもつ
澄んだ瞳《ひとみ》で受けとめた

現実の風がさっと吹いて
それを消してしまうまで
私たちはふたりだけでいた

⑰
P444

家族に、やさしく

好きなものが、いることを、忘れてたあと思い出すのはうれしい。

④-P203

友だちでも恋人でも家族でもいいんだけど、
人との結びつきが、どんなふうなのがいちばん強いかというと、
「その人の前でだけ見せられる姿をもつ」だと思った。
他の人の前では絶対に見せない表情や気持ちを
見せることのできる相手は、その人にとってかけがえのない、
かわりの人を見つけられない相手となるだろうし、
相手にとって自分がそんな存在になりえたら、
相手にはなかなか手離せない人となるだろう。
お互いの中のそんな部分がひきだされ、
リラックスして楽になったら、それは強い絆《きずな》になるだろう。

⑩
P307

夜、テレビドラマを見て、泣く。見終わって、顔を洗いながら、
いつもこんな時だけ思うことを思う。
……家族にやさしくしよう。

⑬
・
P105

このあいだの夜中、泣いて、ねむらないあーぼうにムッとして、
おこって逃げた。その時に、へえーと思ったのだけど、
小さな子どもというのは、逃げこむのはいつもおかあさん
（あるいはいつもそばにいる人）の腕の中だ。だから、
私がおこると、泣いて、私へ、逃げてくるのだ。
おこってる私から逃げて、とびこむのも私。
妙に、不思議な現象だった。私以外の人やものから逃げて、
私へとくるのは、一直線だからいいけど、私がおこって、拒絶して、
私へ逃げたい時は、子どもも、かわいそうだ。
行きたいのにおこられるし、おこられてもとびこみたいしで、
わんわん泣いて、じだんだをふんでいる。
ここらへんが、親子の、なんというか、大事な特徴だなと思った。

③
P130

親が子供にしてあげるいちばん大切なことは、
たとえばその子が大きくなって、だれかに、

「あなたの両親はあなたを愛してくれましたか（愛していますか）」

という質問をされた時に、（紙で）何のちゅうちょもなく、

「はい」

と答えられることじゃないかなと思った。

それが子供にしてあげる親のワンアンドオンリーかなと思う。

④
P299

親が子供にできるいちばんの子供孝行は、
親がしあわせであることではないか。
あるいは、たとえ途中は違っても最終的には、
しあわせだったと思うという記憶。

⑥
‐
P97

あーぼうと私は、同じ時代を生きる女ふたりの共同生活って感じだ。
私は私の仕事があって、あーぼうはあーぼうで、
その日を生きるとか、保育園へ行くというのがあって、
帰ってきたらごはんを食べて、共通の遊びをして、眠る。

⑥
P128

世の中で時々、子どもというものを神様みたいにあがめる人がいるが、ヘンだと思う。
子どもを特別視するのなら、大人もそうすべきだろう。
かわいい子どもも
無垢《むく》な赤んぼうも
かわいくない大人もおじさんもそういう意味では同じだ。

⑥
・
P296

相手の癖を知り、癖だから仕方ないとあきらめて、
許せるようになると、つきあいもひとつ深まる。
家族って、そのあきらめの集まりのようなもの。
そういえば、このあいだのヨチヨチ広場にきていた2人の子どもをもつお母さんが、
「子育てって、あきらめていくことだと思う」
と言っていた。
私が、「そうそう、私もこのあいだあきらめました」
と言ったら、他の人が笑ってた。

⑨
・
P205

壁に茶色のバラをかきながら考えたことは、
子どもができる一番の親孝行は、
親を捨てることだなということだった。
捨てるというのは精神的な意味で、
自立するというようなことなのだけど、親は、
もし子どもがいつまでも自立できないでいたら死ぬ時心配だろう。
平らな気持ちで死ぬには、子どもはもう大丈夫と思わないと。
それで、捨てると言うと言葉は強いけど、
そのような感じを一度もたないとダメだなと思った。
また、親も子どもを若い時に、同じ意味で捨てないと。
そして、一度そうしたら、その後は、もう自由で開放された関係で、
楽しくつきあえたりする。

⑨
P259

反抗心というのは、十代の人間の特徴であり、だれでもそうだということなので、反抗的なのが正常で普通だと思えば、普通の人だ。反抗心に過剰に反応しないようにしよう。

⑰
-
P426

私たちの力を信じよう。子どもを信じるということは、
自分を信じることで、それは、もし、もし、
もしなにか悪いことになったとしても、
それを引き受ける覚悟をするということ。
初めての川をボートで下る時、
カーブに入るたびに、
その先の景色がわからなくてちょっと緊張する。
穏やかなのか急なのか滝なのか。
それでもボートに乗っている以上は、
無事を祈って進んでいくしかない。
そして人生はいつも、誰にとっても初めての川なんだ。

⑱
-
P440

親のために自分のやりたいことを犠牲にしたと言う人がいるけど、
大ざっぱにいうと、私は親のために犠牲になって
残りの人生を悶々《もんもん》とすごすよりも、
自分の望みを優先した方がいいのではないかと思う。
親には親の人生があり、
いうことをきかない子供を持つということを受け入れることも
その親の人生の課題かもしれない。

㉔
P180

水まきしよう。壊れたホースの先をくるくる外していたら、さくが柱に体を巻きつけて、「ああ〜、この人生、最低」と小さな声で言ったのが聞こえた。

「そうだよね。ママも」

「あ、ごめんなさい。うそうそ」

「いいんだよ。気が晴れないんでしょ？」

ふにゃっと笑ってる。私とさくは、なんか似てる。

あのお……、あるよ、そういう気持ち。そういう気持ちとそうじゃない気持ちを繰り返して、人生は続いて行くんだよ。

⑰
-
P193

人というのは、不思議なものだ

私は時々、地球以外の生き物が地球人って
どういう生き物かという夏休みの宿題を出されて、
そのレポートを書くために地球に人間を観察にきている
宇宙人の気持ちになったと想像して人々を
興味深く見ることがある。
そういう気持ちで人を観察していると、人間ってとても愛らしい。

⑯
P133

人ってだれでも、同じ出来事を違う心（自分の目線）で
受け止めているので、それぞれに、
そこから受けとるものは違うんだよね。
真ん中にある共通の出来事から、
それぞれに違うものを学んでいる。
ということは、世界は横にも縦にも広いよね。
人の中にもそれぞれの宇宙があるし。
世界は、限りないものが、
限りなく重なりあっているんだろうね。

⑰
P375

自然に、「偶然に」とか、「風の便りに」とか、
「いい人の人づて」とか、
「その人が直接教えてくれた」とかみたいに、
水が流れるような、雨が次いつ降るかわからないっていうような、
自然な時間の流れの中で、物事も人も、
自然に知りたい。知り合いたい。
やはり、その人から直接というのがいい。
それだけを見て判断したい。
それは自分の判断力を試す機会にもなるし。

㉔
P329

私も、いろいろ考えてみるが、
人は結局、自分にしか興味がないんだなと思う。
そして、自分に興味をもってくれる人に悪い気はしないと。

⑥
P295

人は、言ってることより行動を見て判断しろと言うが、
最近ますますそう思う。
言葉ならなんでも言える。
何を言うかより、何をしてるか。それが大事。
そして、解りやすい。

⑭
P65

先生（師匠）って、たぶん、
すべてがわかる人じゃなくて、
わからないと言わない人なんだと思う。
わからないと言わないと決めた人というのかな。

⑯
-
P522

病気もケガもすべて含めてその人だ。
木を見ても、傷がついたりこぶがあったり、
虫に食われてたり折れてたり、完全な形の木なんてない。
生えた場所の条件にあわせて、枝をのばしたりひっこめたり、
大きくなったり小さいままでしのいだりしている。
すべてを含めてその人だから、その運命をただ生きよう。
その道を静かに歩こう。

⑰
P292

トラブルにまきこまれたと苦しむ人がいるとする。
その人のいろいろな不満な気持ちを聞く。
聞く側ができることは、その不満のもとにある一点をさがすこと。
その人がささったと感じているたくさんのトゲのような不満の中の
いちばん大きなトゲをさぐりあてる。
そして、そのいちばんのトゲはここにあるよと、ぐいぐいおして、
場所をわからせてあげること。

⑥・P9

私はコンビということについて考えていた。
お笑いのコンビ、相方との出会いが、ポイントになる。
お互いのおもしろさをひきだす、バツグンの
コンビネーションをもつ相手。それは一般の人たちにもいえる。
コメディアンのようにおもしろいかけあいがポンポンできる友達。
そういう人と出会うとおもしろい。自分の中の、
知らなかった部分がひきだされることがある。コンビとの出会い。
それは、道ばたで金ののべ棒をひろったようなもの。
……ちがう。うまく言えないが、とてもナイスな出来事。

⑤
-
P64

どうして友だちに話すと、気分の悪いのが直るんだろう。
すごくたすかった。
私も、誰か人に対してそういう存在であったら
いいなと思った。
結局、幸せって、不幸がおこらないってことじゃなくて、
それを晴らせるかどうかだと思う。

⑦
P212

人が、自分以外の誰かと密接につきあっていく時に大切なことは、その人が何を最も大切にしていてこだわっているかということを知り、そのことを何はさておき、大切にしてやる、ということだと思う。

⑨
P327

お互いに高めあう関係ってどんなのだろうと考える。
それは相手の生き方や生活態度を見ていて、
自分もその人にみあうような素敵な人になりたいと
そっと心に誓うような関係じゃないかな。
思わず背すじをのばすような。

⑪
P20

他人に正当に認められないからと言って、
がっかりするのはやめよう。
他人に正当に認められようと望むことこそ、甘い夢だ。
きっと人は人のことをほとんど誰もわからない。
そして、ちゃんと自分を見てくれた人から、けなされすぎもせず、
ほめられすぎもせず、ちょうどよく自分を認めてもらった時には、
本当にうれしいものだ。

⑬-P268

悩みをうちあけられて感動する、ってことがある。
崇高な気持ちにさせられることがある。
人が悩みに対して真剣に向かいあう姿に心打たれるのか。
うちあけてくれたことに、感謝の気持ちがわきおこるほど。
話してくれるその信頼も、うれしい。ぐち、とひとことで言っても、
感動的なぐちもあるし、かっこいいぐちもある。
思わず惚《ほ》れてしまう悪口もある。

⑭
P337

誠実に語るということは、人あたりのいいことばかりを言うのでは
なく、自分の中のネガティブな感情も正直に語るということで、そ
れは本当に難しいことだ。
ネガティブなことを語るときの遠慮がちな、
相手に敬意をせいいっぱい示しながら言葉を選ぶ、
彼女のひそやかな聡明《そうめい》さが私は好きだ。
誠実であるということは、どんなに心を砕かなくてはいけないこと
か。

⑯

P175

自然にだんだんと……という流れ以外に人と親しくなるって、難しいものだな。本当に、人って、友だちになれる機会って、たくさんあるようで、ない。

だから、自然にだんだんと仲よくなれる環境（学校のクラスや職場が一緒）っていうのは、貴重だし、そこにいるっていうことが、もう縁があることだと思う。

⑰ - P21

お互いを知ることが、お互いにとってわくわくとした
探検になるような関係っていいなと思う。

⑱
P241

礼儀正しさとか品というのはとても大切なことだと思う。
そのひとつの例で、何か物事を見聞きした時、
全体を客観的に把握できる情報がない時に、
不用意に意見を言わないっていうのがあると思う。

④-P91

最初に気をつかって、きらいと言えなかったばかりに、その後ずっとガマンしたり苦しい思いをすることってある。たとえば、きらいな食べ物とか。人や物でも、いろいろ。最初から素直にそういうことを言えるようになるのも、訓練だと思う。

⑩

P94

人間の中にはいろいろなタイプがある。そして、タイプごとに悩みも変わるので、違うタイプの人たちの悩みを聞いてもしょうがないと思った。

子育てとか、結婚とか、

まだ自分が経験してないことでもそう。経験者だからといって、むやみに意見をきかない方がいいと思う。

経験者で、なおかつ、人種的に同じタイプと見定めた人だけを慎重にチョイスしたうえで、耳を傾けた方がいいと思う。

⑫
-
P396

だれの心の中もわからない。わからないから、決して、
表面だけを見て、わかったようなことだけは言うまいと思う。
恵まれてるから、しあわせだろうとか、悲しい出来事にあったから、
あの人は悲しいだろうとか、かわいそうだとか、そういうことも、
本当は、言っちゃいけない。ただ黙って、じっと、
表面に表れるものを見ているしかなく、その表面に表れるものを
解釈することも、慎重に、心してするべきだと思う。

⑰
-
P363

気分転換をしたいとか、だれかを飲みに誘おうかと思ったその時が
いちばんひとりでいるべき時だと、
私はいつからかそう思うようになった。
気がめいる時ほどひとりで静かに時を過ごして、
それをやすらかな深さへと変える試みを繰り返し、
気分転換を自分でできるようにする。
気が晴れている時に人に会った方が、自分も相手も楽しい。

⑮
-
P260

別れたり離れたりする時は、くっついていたものを
剥《は》がすわけだから、必ず痛みを伴う。
でも、表面的な別れを悲しまないで欲しいといつも思う。
一度会ったら、物理的には離れても、
好きな人とは、心の奥では共に生きているから。

⑯
-
P291

真っ当な意見が通じない人がいる。そういう時、逃げられる場合は一刻も早く逃げるべきだ。理由も言わなくていい。あっ、この人はあれだ！　と思ったら、くるっと後ろを向いて猛ダッシュ。

遠くまで逃げてから、今後のことをゆっくりと考えればいい。

逃げられない場合、通じさせようという努力は無駄になることが多いから、できるだけダメージが少なくなるように、対処法を考えよう。どういうのがいいかはその相手の性格によって違うので、自分で考えよう。

怪我をすることは避けられないので、できるだけ傷が浅くて済むよう、左手を切らせて心臓を守る、ぐらいのことは覚悟しとこう。どうしようもなくなったら、最後はやはり逃げましょう。いつでも逃げられるように、つながれた紐《ひも》は切っておきましょう。自立できるように、小さくても自分の足で立てる場所を確保しましょう。

⑮
P221

人と自分は違う。徹底的に違うのだということをもっと冷静に見つめれば、他人へ要求することの不毛さを感じると思う。そして、自分へ要求することの豊かさも。

㉓
P253

人がどれだけ傷つくか考えもしないで、
簡単にいろんなことを言う人が嫌だと思ったけど、
人が何によって傷つくかって人によって違うから、
傷つけるつもりもなく傷つけてしまったりすることもあるわけで、
そうすると私が、傷つけられたとか、私が、知らない間に
人を傷つけていたとかっていうのは、
同じようなことなんだなと思う。だからせめて、
傷ついた時に、すぐに忘れられる強い心が欲しい。

⑳-P23

私は、「どこにいてもどの集団《グループ》にいても
そこに自分が心からはしっくりこなくて、いつもちょっと
いごこちの悪さを感じてた」というような人が好きで、
そんな人と親しくなることが多い。その人が感じる
いごこちの悪さの淡いゆううつは、私から見るとすごく、よきもの。

⑨
-
P66

みんなで集まって話し合いという場で、時々こういう場面がある。

みんながみんな、たとえばひとつの青い玉を欲しがって煮詰まってるという場面。重苦しいムード。

そんな時、

「私はぜんぜんべつの赤い玉が欲しい」と言ってみる。もしくは
「私は青い玉をもってるけどいらないから、あげる」

すると、あれ？　って感じで、全体がぐらりとゆれた、みたいになることがある。みんなの力が抜けて、今まで欲しがっていると思っていた人の中から、「実は私も欲しくないからあげる」という人がでてきたりもする。

本当はいらないのに、みんなにあわせて欲しいつもりになっている人って、多いような気がする。

⑭
-
P82

自分たちだけにしか通用しない言葉を、他人に向けて話すことは、外国語でしゃべっているようなもの。

その特別な分野外で専門用語を使うって排他的だし、自分たちだけよければいい、自分たちだけ楽しければいいっていう身内的な視野の狭さを感じてしまう。

そういう人たちは自分たちの世界の中だけで楽しめばいいし、実際、それでいいと思っているのだろう。どこまで大事にするか、どこを大事にするかの話だ。

仲間の枠をどこに作るか。自分たちだけか。その外までもか。

私は、どこまでも広がれるはずだと思ってる。だから、あるところに線を引いて、自分たちだけを囲んで、枠を作ってしまった人を見ると、私はもう放っとく。

⑱
P194

自分のしたいことの言い訳を、自分が属している集団のせいにする
人が嫌いだ。たとえば、浮気は男の甲斐性《かいしょう》だとか、
男は甘えたい生き物だとか、女は弱い生き物だとか。
○○の女は気が短いのよ、とか。そういう時は、
僕は、私は、とちゃんと自分の責任で言ってほしい。

「浮気は僕の甲斐性なんです」
「僕は甘えたいんです」
「私は弱いんです」「私は気が短いのよ」。

だって、そうじゃない人もいるんだから。……と思う。それに、
そう言われてしまうと、それに属していない人の発言を聞くことを
拒否、みたいな印象を受ける。

「浮気は男の甲斐性だから、男じゃない女にはわからないことだから、何も言うな」
「女は弱い生き物なのよ。男にはわからないのよ」ピシッ！
って感じ。そういう枠を超えたところまで出てきて話し合うというのがコミュニケーションの前提じゃないかな。
そういうことを言っちゃうと、私のことは私以外の人になんかわかるわけない、に行きつくわけで。
「理解し合おうと試みる」、
の「試みる」というところに、
理解し合うことの真髄があるのだと思うけどな。

㉑
P69

自分の思い込みが作った見えない鎖に縛られている人を見ると、
そんな鎖はないんだよと、言いたくなる。
浅いけど底の見えない海を前にして、泳ぎたいけど、
深そうで怖いとしりごみする人がいたら、全然、と言って
飛び込んで、水の深さを教えたい。ほら、足の、膝《ひざ》よりも、下だよ。
とか、胸のとこまでだよ、流れもないよ、つめたくて気持ちいいよ、
とかって。

⑫
P42

いろいろな活動の形がある。
時には人を羨《うらや》ましく感じることもあるけど、
私は私のやり方でやっていこう。羨ましさを自信に変えて
（羨ましいということは自分と違うということで、ということは、
私にはその人にはない要素があるということでもあるから）。

㉓-P79

今日考えたことは、「だれにでもやさしい人」は「だれかひとり」を守れない。だれかひとり、とか何かひとつを守るには、それ以外のすべてからそれを守る盾にならなくてはいけない。

意地悪とか心がせまいとか誤解されるかもしれない。

何かを守るというのは、つらくきびしいものだ。

⑩・P292

どれだけ矛盾を飲み込んだか、
どれだけ不本意な思いや不条理を嚙《か》みしめたか、
によって包容力ってついていくのかもしれない。

⑱
P65

お互いの性格やクセを知って、相手を理解できると、
ハラもたたなくなるなと思う。
ハラがたつということは、相手を理解できないからだ。
知ると、おこれなくなる。

⑤-P262

ひとつのことをじっと考えていくと、
より深く広いもののことを考えざるをえなくなる。
より深く広いもののことを考えていくと、あまり、おこれなくなる。

⑨
P199

さっき思ったこと。

さっぱりしたものは、ドロドロしたものに負ける。

さっぱりした人は、ドロドロした人に負ける。

さっぱりした人間関係は、ドロドロした人間関係に負ける。

それで、さっぱりしたものたちは、ドロドロしたものたちから、それと感じた瞬間に、とにかく一刻も早く、逃げるのが賢明。

でも、その次がある。

ドロドロしたものに、愛がある場合、強い愛がある場合、さっぱりしたものは観念する（ということもある）。

そして、逃げきれないと思った時に、さわやかな諦念《ていねん》。

すずしいあきらめの境地に至り、その狭っこい道から、新たな世界が広がる。そこは、他の何にも似ていない独自の場所だ。

そこまでいくと、もうどうでもよくなる。

「幸せ」と言ってもいいかもしれない。

⑭
P163

会いたいっていうことは、何かが欲しいっていうことだ。

その人に会いたいっていうことは、その人からもらいたいものがあるっていうことだ。そのことはやはり、自覚するべきだと思う。

⑯
P353

あなたがある人に、あることを言おうか言うまいかどうしようかと思うことがあったとする。迷った末に、えいっ、とその言葉を言ったとする。

すると、その言葉は相手のある部屋のドアを開ける鍵《かぎ》だったので、その言葉でドアが開き、次の場所へふたりで入って行けた。

そんなふうに、鍵になる大事な言葉ってあると思う。もしも躊躇《ちゅうちょ》して言わなかったら、そこで終わっていたような。

迷っていた時に思いきって伝えた言葉が、扉を開ける鍵になることがある。

⑱
P336

人は自分の好きな人の言うことしかきかない。

㉓
-
P82

環境っていうのは慣れだなと、思う。

人には言えないけど家の中は地獄、っていうのは案外よく聞く話だが、それだって慣れてしまい、人は日常を普通にすごしていく。

人間関係も慣れだ。

親しい人が誰もいない環境の中、でももうしばらくしてこの中の誰かと親しくなったら、冗談を言ったりして笑ったりするんだろうな、と思うと、親しい人のいない今の孤独感をかえってゆっくりとかみしめるのもいいか、なんて思ったりする。

⑬
-
P159

会っていて本当に心から楽しいと思えない人と
会うことをやめよう。

㉔
P251

難しいとむやみに言ってはいけないし、大変だとやたらに言ってもいけない。つい最後に、深く考えもせず「難しいよね」とか「大変だよね」って言いがちだけど、それを言うか言わないかって大きい。締めのひとことが重要です。

⑲・P363

そうだ。人を助けたいと思ったのは私の欲望だ。助けられたと思う人も、その人の欲望に叶《かな》ったから受け入れたのだ。お互いの欲望が一致しただけだ。助けたいと思うのもエゴなんだ。助けたいと肩に力を入れて思うのではなく、自分のしたいことをして結果的にそれが人を助けたら、それでいいし、そうじゃなかったらそれでいいと、思い直す。

何が人の助けになるかわからないし、助けられたかどうかを決めるのもその人だから。

㉑
P247

あなたが嫌う私をなぜあなたは選ぶのか。
あなたが嫌う私をあなたは捨て去りなさい。
要求するのでなく、選択するべきだ。
求めても得られないものを人に求めて相手を不快にさせるより、
求めるものを持つ人を自分の力でさがすべきだ。

㉒
P315

よく、人からひどいことされた時に、
「悪気はないんだから許してあげて」というような言葉が飛び交う。
悪気があっていいから、やめてほしい。

⑳
·
P276

人というのは不思議なものだ。苦しい時ほど、美しさが際立つ。

窮地に立たされた時のその人の態度でその人を知ることができるなら、どんな窮地でどう変わるのか、もっと見たいとすら思う。

⑳-P283

やさしいというのと信頼できるというのは違うなと思った。やさしいのはどちらかというと目の前のことで、信頼はもっと広く奥深く時間も関係する。だからやさしいけど信頼できない人、やさしくないけど信頼できる人がいる。

㉒
-
P38

よく、あの人はよく気がつく人だといったりするけど、その反対の気がきかない人といわれる人の中には気がついても行動に移さないだけという人がけっこう多い気がする。

気がついたことを行動に移すか移さないかはその人の性格によると思う。

⑤-P56

相手がその人だからこそ話すということを話さない会話が嫌いだ。

その人じゃなく、相手はだれでもいいような会話は、時間の無駄のような気がする。

この話をこの人に、いや、この話だけをこの人だけに、というような切実さが、どんな会話の中にもなければならないと思う。

⑭-P39

話すことがないときに話さないでいることって大事だと思うけど、
その価値に気づく人は少ない。

⑲
P183

嘘がいけないわけじゃない。本当のことをいつもいつも言う必要はないと思う。ただ、嘘（本当じゃないこと）を言う理由、動機が気になる。その動機が嫌いな時、私はその嘘を「嫌いだ」と思う。

㉑
P45

「すべての人と人との関係は対等だ」というのがある。
何か、りんごならりんごを売る人と買う人、
妻子がいるけど不倫している男の人とその愛人、
教える人と教えられる人、歌手になりたい人とプロダクションの人、
いばりんぼの上司と卑屈な下っぱなど、
その他すべての人と人との間で、おこる出来事について、
その出来事に対する責任感みたいなもの、
向かっている力は、かたよりがないと思う。

⑤ - P132

事態は困窮している。私はうち沈んでいたのだ。
でもここをどうにか乗り切らねば。
相手も含め全員が、同じぐらいあきらめ、同じぐらい許し、
同じぐらい、いいこともありますように。

⑲
P461

「いい人っぽい」と思うことの間違い。

あの人、いい人っぽいと思って、仕事の取引を始めた。

見た目も、性格もいい人っぽい、懐かしい感じとかって思って。

で、結局、それほどいい人じゃなかった。いい人っぽい人ってたくさんいる。みんな誰もがほとんどいい人っぽいのだ、最初は。その人のことがよくわかるのは途中からだ。

「いい人っぽい」の中で、ちゃんと選ばないといけないと思った。

㉑
-
P34

表現するということは、自分の大切なものを手放すことによって、大切なものを生み出すことだ。生み出されたものが素晴らしいものであるためには、いつもその縁のぎりぎりのところを歩いていなきゃいけない。

安全な道ではなく、境目を。もしかすると、何かを手放すことでしか何も生み出されないのかもしれない。

⑯

P520

「私らしく」

あなたが笑う
たぶん今も　どこかで笑ってる
それともふさいでいるかな
どうかな

あなたがどこかにいて
あなたらしく暮らしてる
私はもう　それでいいと思う

あなたが毎朝　目覚めて
元気に外へ出て
だれかにおはようと言い　仕事をする
楽しいことやちょっと嫌なこともあって

おこったり笑ったりしながら
あなたがあなたらしく生きていく

私も私らしく生きよう
だれにも言わなかった想いを胸に秘めて
それに支えられながら
励まされながら
遠くのあなたと共に生きよう
あなたに恥ずかしくないように背筋を伸ばして

あなたがあなたであるように
私も私らしく生きよう

⑰-P503

初出一覧

【つれづれノート】

つれづれノート　１９９１年６月
つれづれノート②　１９９３年６月
毎日はシャボン玉　つれづれノート③　１９９４年７月
遠い島々、海とサボテン　つれづれノート④　１９９５年８月
さようならバナナ酒　つれづれノート⑤　１９９６年８月
バラ色の雲　つれづれノート⑥　１９９７年７月
気分よく流れる　つれづれノート⑦　１９９８年８月
散歩とおやつ　つれづれノート⑧　１９９９年８月
空の遠くに　つれづれノート⑨　２０００年７月
島、登場。つれづれノート⑩　２００１年６月
どんぐり　いちご　くり　夕焼け　つれづれノート⑪　２００２年６月
引っ越しと、いぬ　つれづれノート⑫　２００３年６月
庭を森のようにしたい　つれづれノート⑬　２００４年６月
川のむこう　つれづれノート⑭　２００５年６月
第３の人生の始まり　つれづれノート⑮　２００８年12月
決めないことに決めた　つれづれノート⑯　２００９年６月
きれいな水のつめたい流れ　つれづれノート⑰　２００９年12月
今日、カレーとシチューどっちがいい？　つれづれノート⑱　２０１０年６月
出航だよ　つれづれノート⑲　２０１０年９月
相似と選択　つれづれノート⑳　２０１１年６月
しゅるーんとした花影　つれづれノート㉑　２０１２年３月
自由さは人を自由にする　つれづれノート㉒　２０１２年９月
自分の体を好きになりたい　つれづれノート㉓　２０１３年３月
自分の心も好きになりたい　つれづれノート㉔　２０１３年９月
ひとり、風に吹かれるように　つれづれノート㉕　２０１４年３月

今《いま》を生《い》きやすく

つれづれノート言葉集《ことばしゅう》

銀色夏生《ぎんいろなつを》

平成26年 5月25日　初版発行
令和7年 6月20日　6版発行

発行者●山下直久

発行●株式会社KADOKAWA
〒102-8177　東京都千代田区富士見2-13-3
電話　0570-002-301（ナビダイヤル）

角川文庫 18555

印刷所●株式会社KADOKAWA
製本所●株式会社KADOKAWA

表紙画●和田三造

ISBN978-4-04-101627-5　C0195